LES HABITANS

DE

FONTENOY,

AU ROY.

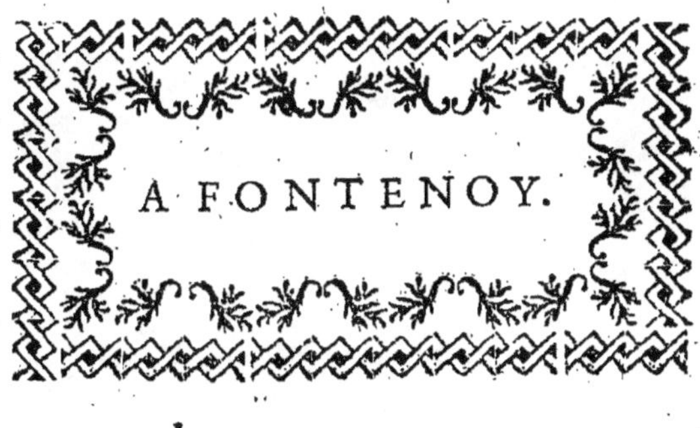

M. DCC. XLV.

LES HABITANS

DE FONTENOY,

AU ROY.

E bian morgué notre bon Roy
Vla ben les Bourgeois de Fontenoy
Qui s'en vnont à leux écheance
Pour vous tirer la révérence ;
Il ne faut pas vous étonner
Si j'ont tant restés à tarder ,
Les Bourgeois de notre village
Ont assez cheux nous cet usage ,
Qu'est casiment comme une loy ,
De ne pas voir plus gros que soy ;
J'amons mieux vouar notre voisaine ,
Surtout quand al fait bonne maine ,
Que d'àller cheux ces grands Signeurs
Dont je n'umons pas les hauteurs ;
Cheux eux c'est des carimonies ,
Qui ne font à jamais finies ;
Quoyque vous soyez plus grand qu'eux

Vous n'étes pas fi férieux ;
Car fi vous etiais comme eux autres
Vous n'en auriais pas eu des nôtres ;
Mais not Roy j'ont ils dit eft bon
Etant né du fang de Bourbon ,
Ce qu'eft parguene inféparable
Tout comme un pied l'eft d'une table ,
J'ont bu deux ou tras vars de vin
Avant de partir ce matin,
Ça nous a mins le cœur au ventre
J'ont envoyé la peur au guantre.
Notre *Magefter* Jean Rabot
Que vous fçavez qui n'eft pas fot
Vous a donné fte bàlle Epitre ,
Je croyons que c'eft la le titre ,
(Gnant a pourtant un parmi nous
Qui s'eft prins à charcher par tout
Dans chaque Epitre & Evangile ,
C'eft pas manque qu'il eft habile ;
Sans qu'il ait pu trouver ftella ;
A la fin il l'a laiffé la)
Mais fuivant notre connoiffure
Ça ne manquoit pas d'efpriture.
Après ça Monfieur not Curé ,
Qu'eft un vivant affez futé
A fcu vous fignifier Requête
Vous demandant com à la quête
De très groffes fommes d'argent
Pour pouvoir vivre ben content ;
Il lauroit ben mis dans fon cofre
Sans jamais nous en faire d'ofre ;
Ho ftila fcait ben fon mequé
Car il eft ben intéreffé.
   Vous le favez mieux que nous, Sire

Sans qu'il foit befoin de le dire
Que ceux qui vous louangeont tant
Ne travaillont le plus fouvent
Que pour avoir de la futaine,
Car avec leux bonne maine
Si vous ne leux y donniez rien
Y ferïont d'un himeur de chien ;
Que s'ils vantont votre mérite
Ils ne vous en tenont pas quitte
Pour des preunes ou pour des nouas
Ni pour des feves ou des pouas,
Il leux faut de ce qui fe couche,
C'eft ce qui leux fait bonne bouche :
Pour quand à nous ce n'eft pas ça
Qui nous frait aller d'icy la,
C'eft pas l'intérêt qui nous guide
Gna pas un de nous fi parfide,
Car pour revenir à nos choux,
Si je paroiffons devant vous.
C'eft pour vous dire avec fimpleffe,
Je n'y connoiffons pas faineffe,
Com j'ont vu ce qui s'eft paffé,
Dans ce jour qu'eft fi renommé.
Et qui fera pour votre gloire.
A jamais digne de memoire.
   Pour entamer notre récit
S'envint un vivant qui nous dit,
Qu'il falloit faire place nette.
Pour pratiquer une retraite,
Que je n'avions qu'à décamper
Que l'an alloit out ranvarfer,
Si biau fi biau que nos fumelles.
Pleuriont comme des Tourterelles,
Pour nous je l'avouons d'honneur,

Ça nous a tint un brin au cœur,
C'est'i gracieux palsanguenne
Qu'an ait queuc chose & qu'an voul prenne
Qu'an laisse la tout ce qu'an a
A des gens qu'an ne connoit pas :
Gnous sont pas fait tirer l'oreille
J'ont tout laissé jusqu'à l'oseille,
Mais pour parler sancerrement
Gn'avoit pas à être content :
Aussi-tôt je nous en fuyimes
Et par dans les chams je courimes
Pour charcher gîte au voisinage
L'un au hameau, l'autre au village.

Le lendemain faut pas mentir
J'avions tretous un grand desir
De connoître par queuc engeance
Le fin de cette manigance.
J'avions presqu'envie de charcher
A nous placer dans un clocher,
Mais j'ont-il dit vaille que vaille,
Pour affin d'empêcher la gouaille
Et nous metre tous à l'abri
De queuque fichu pot pouri
J'ont mieux aimés une douzaine
Monter dessus le haut d'un chêne.
Y avoit avec nous un Mossieu
Qu'est un des gros bonets du lieu
Qui s'est trouvé dedans sa poche
Une lunette qui raproche ;
Ça fait ma fic vouar ben plus mieux
Que l'an ne voit avec les yeux ;
Ho dam avec ça j'aparcumes
Ce qu'an braquoit sur les enclumes
An commençoit à s'arranger

De façon à se ben torcher.
Je brulions tous d'impatience
D'être soumis au Roy de France.
Je conoiffions ben le plaifir
Qu'an a de vous apartenir
Tout ainfi qu'à votre famille
Qu'an peut dire qu'eft ben gentille;
Car vous avez le plus biau fieux
Qu'an puiffe voar de fes deux yeux.
Queu biau mary pour la Dauphaine !
Jarnigué qu'il a bonne maine !
Quand donc que le canon ronflit,
Ho palfangué ça fit du brit,
Epi toute fte moufqueterie
Qu'eft une fichu ramagerie :
C'eft pas tant le brit que ça fait
Que ça tue pargué tout-à-fait;
Si ça vous attrape à l'oreille,
Ça vous ranvarfe la carvelle.
Stependant je nous raffurions,
Deffus ce que ben je voyons,
Qu'à côté de votre préfence
Y avoit queuqu'un de conféquence
Qui vous éloignoit du danger
Où vous vouliez vous expofer :
Mais morgué par la jarnombille
J'aurions voulus être à cent mille
Quand je vous avons aparçu.
Qu'an ne vous reconnoiffoit pu,
Que vous étiais dans la mêlée
Et que vous commandiez l'armée.
Et not vaillant Dauphin ytou
Qui vouloit faire comme vous :

A iiij

C'étoit vrament pas pour la fraime,
J'en jurerions ben jarniguene;
Ho morgué ne nous metez pas
Dans de semblables embaras,
J'y pardrions surment la tête
Plus vîte qu'un trait d'arbalête;
Vrament je scavons ce que je scavons
Gna assez long-tems que je voyons
Que ventregué ce qu'encourage,
C'est quand le maître est à l'ouvrage.
Mais d'un autre côté ma foy
J'allons vous aprendre la loy,
Qu'est quand an a pardu la vie
C'est plus de piqué que d'envie;
Si-tôt que l'an n'est plus ici
An est desja *per mortui*.
Falloit donner vot ordonance
A queuques gens de confiance;
Y avoit un si bon Général
Vous scavez ce grand Maréchal
Qu'est tant aimé de vot parsonne,
Quel est donc le nom qu'an ly donne
Y s'appel, *** je scavons son nom
Tant il y a que c'est un Saxon:
Je n'avons pas ben vu sa maine,
Mais j'avons ben vu sa deguaine,
Saquerlotte c'est un vivant
Qu'entend pargué ben le trantrant,
Il entend le mequé de guare
Com ignan a pas un sus tarre,
Gna pas cheux nous de mitrier
Qu'aprenne si bien à danser;
D'une seule de ses paroles

Il faifoit faire des cazacoles
A tous ces geans d'eftafiers
Qu'an dit que c'eft des Grenadiers,
Y faifions des mitours à draitte,
De magniere la plus parfaite :
J'ont vû auffi tous ces Signeurs
Qu'en faifiont là chacun des leurs;
Ces Lieutenans, ces Capitaines,
Qui tous fe donnions ben des peines,
Ces Colonels, ces Brigadiers;
En un mot, tous ces Officiers,
Dont les noms & la vaillantife
Sont dénoncés avec franchife
Dans ces vars qu'ont été moulu,
Qu'an a tant de fois refondu,
Faits par cartain moffieux en l'aire,
Qu'an dit qu'eft vol penfionaire.
　　Après donc ben du tintanfart
Qui fe faifoit de toute part,
Morbleu je les voyons fe battre;
Et faire tous les diables à quatre.
Ça comançoit pourtant un brin
A prendre un affez drol de train,
Vos Ennemis tomboient par file,
Com un chaplet qui fe defile,
Les Hanauvaurians & Anglois,
Ces autres Chians & Hollandois
Faifiont tous des meines de guables,
Ils étiont com des effroyables;
Ce qui les rendoit fi feurieux,
C'eft qu'ils ne travaillont pas mieux
Et pour fortir du précipice,
Ils alliont com une équerville;

Quand à la parfin Cubranlam
Fit faigne qu'an fichit le camp :
C'étoit là le beau de l'hiftoire,
De les vouar dans le territoire ,
Com par tout an vous les fangloit,
Que palfangué rien n'y manquoit ;
Et quand ils ont eu prins la fuite ,
An a été à leux pourfuite ,
Et pis l'an vous les battoit là ,
Sangué com en veux-tu en velà.
Je difions not affaire eft bonne,
Vlà que LOUIS quinze fra not homme ;
Depis long-tems j'apercevions
Que ben-tôt à vous je ferions ,
Je nous font donc tous prins à rire ;
Mais com an ne fcauroit le dire,
En voyant que vous triomphiez
De tous ces fichus mal peignez.
Parguene ils aviont ben affaire
De vouar ce que vous fçaviais faire ;
Les vela-t'il pas ben lotis ,
De s'être adreffés à Mait LOUIS :
Si vot armée eut été feule ,
Ils n'auriont point eu fus la gueule ,
Il falloit qu'il fuffiont ben fots
De venir apporter leux dots ,
Pour être batus com des drilles ,
Epi s'enfuir com tous les milles.
Mais parbleu , vous avez ben fait
De les fabouler planc & nait
Pour apprendre à Marie-Therefe
A vouloir faire la mauvaife ;
Ça doit pas l'y faire du plaifir ,

De vous avouar vû réuffir ;
Al vous vandra fon iau plus chere ;
Mais vous ne vous en fouciez guere ;
Vous la payerez de fon argent ,
Ça ne vous coutera pas tant.
Epi l'an fçait votre penfée ,
J'en diriont ben une gaulée ,
Si j'aviont plus de tems à nous ,
Mais j'y reviandrons ben toujou.
J'ont apris queuque chofe encore
Qui viant tout à l'heure d'éclore ,
Ça fra pour un autre entrequient ,
Y faut finir célui-ci ben.
Vous méritez bian des louanges ,
Si je pouvions parler en anges ,
Faire des difcours relevés ,
Qui foyons ben affaifonnés
De fins vars avec des bal raimes ;
Ça ne frait pas pour nos voifaines :
J'aurions fur vous de quoi parler ,
Si je nous mettions à chanter
Votre vartu , votre mérite ,
Vos talens & toute leux fuite :
Ça froit long com de Rome ici ;
Avant que l'an ait tout fini ,
Je voulons pas donner d'envie
Aux Meffieux de l'Académie ,
Sans ça je vouarions à tourner
Une matiere à complimenter.
Epi je laiffons à l'hiftoire
D'étarnifer cette victoire
Qui fera bal & bian moulé
Dans la vie du Roi bian aimé.

Mais pour un petit moment, SIRE,
J'ont cor queuque chofe à vous dire ;
Vous êtes glorieux & contant,
Mais laiffons là pour un moment
Ce qui regarde la Bataille,
Pour un peu parler de ripaille.
Vous fçavez fort ben que cheux nous
Nous n'avons plus ni bœur ni choux,
Ni pain ni chair, ni vin ni biare,
An ne vit pas avec une piare ;
An a morgué tout ramaffé,
Sitant bian qu'il n'a rian refté.
Ça ne fait pas nos affaires bonnes,
Etants pauvres com je le fommes ;
Crayez-vous qu'un homme fait ben
Quand il n'a pas le ventre plein ;
Tout ça fe dit fans conféquence
Pour vous faire penfer à la pance,
Je ferions faché qu'il fut dit,
Qu'aucun de nous vous demandit,
Sçachant que vous ête honête homme,
Et que ce n'eft pas une fomme,
Qui vous quient beaucoup au goucet,
Suffit que j'avons le cœur net :
Je vous laiffons fur la bonne bouche,
Avant que le foleil fe couche,
Je voulons nous égofiller
A la fin, force de chanter
En l'honneur de cette Victoire,
Dont je confarvront la mémoire,
Domine falvum fac regem,
Sans oublier le *Da pacem.*

F I N.

AVIS AUX LUISEUX.

PArgué, amis Luiseux, vous allez dire que je sont
des gens ben pareſſeux ; mais dame cment faire.
Sçavez-vous qu'en vla une grande ribandelle & qu'il
a falu ajancer ça pour que ça ſait digne d'être pré-
ſenté à un Roi & à un Roi com le nôtre. Je voulons
pas dire que c'eſt du ben parfait pour ça , ſuffit que
des gens du méquier qui l'avons vû, ont dit que les
matériaux & le morquier en étiont bon , c'eſt le prin-
cipal , igna que la ſculpture qui y manque. Mais
faut que ça paſſe. Pargué ſi j'ont peché confre la raime ,
guan a ben d'autres qu'ont peché contre le bon ſens.
A gueu.